Garganta Profunda (BDSM)

Dominación y sumisión erótica

Erika Sanders

ERIKA SANDERS

Garganta Profunda
(BDSM)

Erika Sanders
Serie
Dominación y sumisión erótica

@ Erika Sanders, 2024

Imagen portada: @ Ivana Tomášková (Iffany) - Pixabay, 2024

Primera edición: 2024

Todos los derechos reservados. Prohibida la reproducción total o parcial de la obra sin la autorización expresa de la propietaria del copyright.

Sinopsis

Julieta es una investigadora que para resolver sus casos no duda en romper un poco las reglas si es necesario.

Su hermana Bárbara la contrata porque tiene un problema de chantaje sexual en su empresa.

Ella quiere que Julieta encuentre unos videos BDSM comprometedores y que los borre.

Julieta al ir a borrar esos videos es vencida por la curiosidad y comienza a reproducirlos.

En ellos ve a su hermana en actos sexuales BDSM que le comienzan a intrigar...

Garganta Profunda (BDSM) es una novela de fuerte contenido erótico BDSM y, a su vez, una nueva novela perteneciente a la colección Dominación Erótica, una serie de novelas de alto contenido BDSM romántico y erótico.

(Todos los personajes tienen 18 años o más)

Nota sobre la autora:

Erika Sanders es una conocida escritora a nivel internacional, traducida a más de veinte idiomas, que firma sus escritos más eróticos, alejados de su prosa habitual, con su nombre de soltera.

Índice

GARGANTA PROFUNDA
(BDSM)
ERIKA SANDERS

PRÓLOGO

Unos años antes

Todo comenzó cuando el director de una importante empresa de noticias hizo una oferta muy simple durante un evento ceremonial:

"Ven a mi oficina", dijo. "Me encantaría discutir algunas oportunidades de negocios contigo".

Bárbara sintió que estaba flotando sobre las nubes.

Después de pasar la noche codeándose con celebridades y políticos en la lujosa gala, seguramente esta era su oportunidad de conseguir un trabajo a tiempo completo en el mundo de las noticias por cable.

"Eso sería increíble", respondió ella, asombrada.

"Vamos entonces. Probablemente hayas escuchado que estamos en el proceso de pensar en diseñar un nuevo programa en directo y estamos buscando caras nuevas".

En el último año, había proporcionado análisis legales para esta empresa en algunos de los programas mejor calificados.

En Twitter parecía amar sus análisis.

Y en esta empresa, las mujeres tenían que ser hermosas y hablar bien para tener éxito.

El cabello rubio de Bárbara, su ingenio agudo y su nariz alegre le daban todas las características de una estrella de televisión.

"Me gustaría eso", dijo con su sonrisa de calibre de horario estelar, manteniendo su comportamiento profesional, pero amigable.

La ofensiva del encanto del ejecutivo estaba en su apogeo y dejaron la fiesta para discutir las cosas en privado.

La oficina no estaba muy lejos.

Cruzaron la calle, ella con su vestido glamoroso y él con su elegante esmoquin.

La conversación era casual y coqueta, como si estuvieran en una primera cita en lugar de una entrevista de trabajo.

Una vez que llegaron al piso ejecutivo, Bárbara sintió que había entrado en un mundo donde regularmente se llevaban a cabo negociaciones millonarias, un lugar donde las carreras se hacían o se destruían.

Poniendo su cara perfecta de póker, estaba decidida a enmascarar sus nervios.

La oficina principal era inusual.

Estaba diseñada y amueblada para parecerse a un hogar acogedor.

Había sofás de cuero y armarios de madera.

Había libros en los estantes y cuadros en la pared.

Las paredes eran de color oscuro y era fácil sentirse relajado.

Después de servir unas copas de un whisky escocés, el jefe se puso hombro con hombro con Bárbara frente a una gran ventana que daba a la ciudad.

Allí, discutieron sus ambiciones, esperanzas y sueños.

Mientras respondía estas preguntas honestamente, ella se sintió alentada de que él pareciera reconocer que ella era más que una cara hermosa.

"Vayamos a los negocios", dijo, inclinándose cerca de su oído. "Eres una mujer muy inteligente y estoy seguro de que ya has descubierto cómo funciona este negocio".

Ella levantó una ceja.

"¿Oh? ¿Y cómo funciona?"

"Bueno, ya sabes, las mujeres hermosas como tú no llegan al asiento de presentadora en mi empresa a menos que cooperen".

"Siempre he sido una jugadora de equipo", respondió Bárbara.

Él mostró una sonrisa encantadora.

"Sabes a lo que me refiero, ¿verdad?"

"¿Oh si?" ella se rió. "¿Para ti y para quién más?"

Bárbara sabía exactamente a qué se refería el jefe, ya que había escuchado los rumores.

Ella había asumido que la mayor parte eran puros rumores, o al menos así le parecía por lo que pensó que el jefe estaba utilizando esos rumores para tomarle el pelo.

Ella trató de reírse, esperando que fuera un malentendido.

No obstante, él se mantuvo serio en el asunto.

"Todo el mundo en política y en los medios tiene su amigo. Así es como funciona. Y si sucediera esto, creo que encajarías perfectamente. Tienes todas las cualidades que busco en una mujer".

Ella tragó saliva.

"¿Y qué tendría que hacer?"

"Si quieres jugar con los grandes, tendrás que jugar según nuestras reglas. Tal vez tengas que hacer una mamada de vez en cuando".

Como era una mujer a la que le encantaba chupar una polla, era una propuesta interesante.

Pero nunca antes había mezclado negocios con el placer.

Con su sumisión final en el horizonte, nunca se había sentido tan en conflicto.

"Debes estar bromeando", dijo con cautela.

"¿Esto te hace sentir incómoda?"

"Eres un hombre realmente encantador, pero siempre he confiado en el poder de los méritos por el trabajo realizado. He trabajado muy duro toda mi vida".

"No puedes ser tan ingenua", cuestionó. "Estoy seguro de que la mayoría de tus jefes han estado tratando de follarte. Y probablemente algunas de tus jefas también".

"Lo sé. Tienes razón. ¿Es eso lo que estás tratando de hacer ahora? ¿Intentar follarme?"

Él asintió brevemente.

"Para ser honesto, disfruto ser dominante. Pero también soy extremadamente generoso con mis empleados. Puedo convertirte en la estrella que siempre quisiste ser, porque tienes ese potencial. ¿Alguna vez has participado en actividades BDSM?"

"Nunca", respondió ella, sintiéndose sin aire.

"¿Temerosa?"

"Nunca me habían preguntado eso antes. Sin embargo, estaría abierta a eso, pero con la persona adecuada".

"Por lo que sé has sido siempre una mujer heterosexual", dijo. "Eso está bien. Pero no hay nada malo con la tortilla. Y me encanta presentar y entrenar a las mujeres a mi estilo de diversión".

Los latidos del corazón de Bárbara se elevaron ante la idea de ser "entrenada".

Era una oferta tentadora, especialmente porque él parecía tener experiencia.

Ella respiró hondo.

"Me estás haciendo sonrojar ahora mismo".

Se pararon uno frente al otro.

El jefe la miró profundamente a los ojos, como si planeara su próximo movimiento.

El jefe se alejó de ella y abrió un cajón del escritorio.

En el interior había todo tipo de juguetes; palas, azotes, vibradores.

El estado de ánimo en la sala cambió cuando tomó una correa atada a un collar de cuero.

"¿Eres un buena chupadora de pollas?" preguntó impasible, mientras sostenía los juguetes.

Ella tragó saliva.

"Sí, lo soy. Me encanta hacerlo".

"¿Tienes algún reflejo de nauseas al hacerlo?"

"Lo normal", admitió.

"Bueno, tendré que poner a prueba tus habilidades orales. Después de todo, ese es un rasgo muy importante para cualquier presentadora de noticias, ¿no crees?"

Durante los siguientes quince minutos, Bárbara estuvo arrodillada mientras se la chupaba después de que él le hubiera asegurado el collar alrededor de su cuello.

Nunca se había sentido tan impotente como ahora al sentir la correa que su jefe sujetaba con fuerza.

Cuando su gruesa polla entró en su boca, todo lo que pudo hacer fue acomodar la circunferencia mientras comenzaba a chupársela.

Como muestra de dominio, de vez en cuando él tiraba de la correa firmemente.

Si el objetivo era probar su reflejo nauseoso, ella estaba decidida a pasar esta prueba.

Para cuando terminó el acto sexual, la anterior apariencia glamorosa de Bárbara había desaparecido completamente.

Su rímel estaba corrido por sus mejillas debido a las lágrimas que le vinieron con las náuseas.

Su lápiz labial estaba manchado y había gotas de leche blanca en la barbilla, que se había filtrado de los alrededores de su boca.

Bárbara bajó la cabeza para que le quitara la correa.

Esto había sido tanto estimulante como humillante al mismo tiempo.

Sintiéndose confundida, no sabía cómo reaccionar después de un momento como este.

Este era ciertamente un territorio nuevo.

El dedo del jefe le levantó su barbilla y se miraron a los ojos.

Ella permaneció de rodillas, con la polla húmeda del jefe todavía colgando frente a su cara.

"No le digas a nadie sobre esto", dijo con una sonrisa astuta. "Pero todo ha sido grabado en video. Me gusta tener todo el poder. Te he llamado la atención ¿verdad? Ahora, ¿hablamos de negocios?"

Bárbara jadeó, antes de plasmar una falsa sonrisa en su rostro.

CAPÍTULO 1

Después de tres semanas de diligente investigación y vigilancia, Julieta estaba en movimiento.

Atrás quedó su propio cabello castaño corto y desordenado.

Ahora ella era rubia.

Su vestuario previamente sencillo había sido reemplazado por un vestido sexy, acentuando las formas de su cuerpo.

No muchas personas conocidas de su vida personal la habrían reconocido.

Ella podría ser lo que un cliente necesitara que fuera.

Con un aspecto como el de ella, nadie se atrevió a cuestionar sus verdaderos motivos mientras se registraba en la recepción de seguridad del vestíbulo con un nombre falso.

Y cualquier preocupación residual que ella tuviera por estar medio tambaleándose con sus nuevos tacones había desaparecido.

Ya había dominado estos tacones altos y de hecho notó unos cuantos ojos errantes en sus piernas.

Se apreció el poderoso chasquido de sus tacones en el piso de baldosas mientras se dirigía hacia el elevador.

Oh sí, ella había llegado.

*　*　*

Después de llegar al piso apropiado, fue por el pasillo a un lugar que nunca pensó que visitaría.

Pasando junto a pasantes ocupados, empleados atropellándose entre sí y mujeres inteligentes y sexys preparándose para sus apariciones en televisión, Julieta logró mezclarse entre ellos.

A la vuelta de la esquina estaba el vestuario.

En el interior, vio a su hermana mayor separada del resto, sentada frente a un espejo mientras un equipo de estilistas terminaba de hacer su magia.

Como siempre que la veía después de un tiempo, Julieta se quedaba asombrada de la belleza de su hermana mayor.

Habían pasado años desde la última vez que hablaron en persona.

Siempre habían estado separadas ya que su drama familiar mantenía una brecha entre ellas.

Pero al final, la familia es la familia, y se sentía obligada a hacer cualquier cosa por su hermana mayor.

Llamó al marco de la puerta para llamar su atención y los estilistas la miraron con leve curiosidad.

Después de un momento, su hermana mayor se adaptó a la nueva apariencia de Julieta.

Bárbara hizo un gesto a los asistentes de maquillaje y vestuario.

"Hemos terminado. Darnos algo de privacidad".

Los empleados huyeron de su exigente jefa, dejando a las hermanas solas.

"¿Sorprendida de verme?" Preguntó Julieta, entrando al vestuario y cerrando la puerta.

"En realidad lo estoy. Me asombra que ya no parezcas una marimacho. Te pareces mucho a mí ahora, con ese vestido y el maquillaje. Y esos tacones. Dios mío, nunca te había visto así".

"Es casi poético que coincidamos en un vestuario, ¿no te parece?"

"Lo siento por todo", respondió Bárbara. "Desearía que las cosas pudieran haber sido diferentes entre nosotras. Quizás después de todo esto, podamos ..."

Julieta intervino.

"Podemos resolver nuestras diferencias la próxima vez. Estoy aquí para hacer un trabajo y necesito mantener la cabeza en su sitio. Nunca he hecho algo así antes. Nunca. Y es solo porque somos familia ".

"Gracias. Serás recompensada generosamente por tu trabajo".

"Según lo que he leído sobre ti en los tabloides, espero una tarifa seria. Parece que has recibido varias ofertas impresionantes de otras redes de cable".

"Si puedes ayudarme, todo lo que tienes que hacer es decir tu tarifa".

Julieta asintió con la cabeza.

"Un amigo pudo obtener los códigos de seguridad y el diseño del piso. Definitivamente es factible".

"Vaya amigos que tienes".

"Se necesita un equipo para realizar este tipo de trabajos", respondió Julieta. "¿Hay algo más que deba saber? ¿Alguna vez te ha amenazado abiertamente? Si hago esto, ¿sospechará que estuviste involucrada?"

Bárbara sacudió la cabeza.

"De ninguna manera. Nunca, ya sabes, me amenazó ni nada. Es solo indicios e insinuaciones en este momento. Sabe que estoy presentando currículums y que quiero irme de aquí. Es entonces cuando hace comentarios sarcásticos sobre nuestra pequeña colección de videos y ... bueno ... entiendes la idea ".

"Eso es chantaje".

"Llámalo como quieras".

"¿Esto también le está sucediendo a otras mujeres en esta empresa?" Pregunto Julieta.

Bárbara casi se rió.

"Una vez me dijo que las mujeres atractivas como yo no salen al aire sin renunciar a algo a cambio. Y sé con certeza que muchas mujeres son sus 'juguetes de jodida', como él lo llama. En cuanto el chantaje sale a relucir, nadie da un paso más. Tienen miedo después de descubrir que sus momentos más íntimos habían sido grabados sin su conocimiento ".

Con su ojo agudo, Julieta notó una tenue serie de líneas en el costado del cuello y los hombros de su hermana.

Peinó el precioso cabello rubio de Bárbara hacia atrás y expuso las marcas.

"Eso fue consensual, espero", dijo Julieta, antes de tocar suavemente las líneas.

Bárbara levantó las pestañas.

"Siempre es consensual".

Después de estudiar el comportamiento humano durante toda su vida adulta, Julieta leyó en el lenguaje corporal y el tono de su hermana.

Ella dudó en preguntar, pero realmente quería saber.

"¿Te gusta tener sexo con él?"

"Sí", dijo Bárbara sin dudarlo. "Siempre has sido una curiosa hermana menor. Estoy segura de que lo entenderás pronto. Me gustaría que no lo hicieras, pero sé que lo harás".

"Tendré que mirar algunos de los videos. No voy a borrar todo su disco duro. Solo las cosas que quieres que descarte".

"Bastante justo. Trataré de no avergonzarme por todo esto".

"Guardo secretos para vivir", respondió Julieta.

"Gracias. Entonces, ¿cómo lo harás?"

Julieta buscó en su bolso y sacó un teléfono inteligente de aspecto ordinario.

Lo levantó para que Bárbara lo examinara.

Después de encender la pantalla, apareció un código encriptado, dejando en claro que estaba lejos de ser un teléfono normal.

"Es el tipo de cosas que usan los espías", dijo Julieta, en un susurro conspirador. "Lo conectaré a su disco duro y borraré cualquier cosa incriminatoria. De todas formas, si se usa para algo más fuerte que grabar a mujeres teniendo sexo, entonces su computadora se bloqueará. Como dije, solo estoy haciendo esto porque eres tú".

Bárbara mostró su sonrisa galardonada.

"No sabía que tenía una sexy técnica nerd en mi hermana. Muchas gracias. Eres un salvavidas".

"No me lo agradezcas todavía, Barb. Es un trabajo arriesgado. Y ten en cuenta que esta tecnología me costó una fortuna, así que espero que me pagues bien".

"July, una vez que tome ese contrato en otra cablera, podrás permitirte el lujo de irte de vacaciones durante todo un año. Confía en mí".

Al ser consciente de que tenía que hacer su trabajo, Julieta miró la hora.

Sí, era hora de entrar en acción.

"Me tengo que ir", dijo Julieta. "La ventana de oportunidad está por abrirse".

A pesar de su largo período de distanciamiento, sus lazos de hermandad permanecían.

Y dándose nerviosos gestos de despedida, estaban decididas a salir victoriosas.

CAPÍTULO 2

La oficina de Stevens estaba en el piso ejecutivo.

Como era de esperar, había varias otras mujeres conversando en el vestíbulo, todas vestidas profesionalmente.

Aunque parecían mujeres corporativas, en realidad habían sido contratadas para otros fines.

Sentada en el vestíbulo, Julieta se mezcló con todas las otras mujeres.

Ella sentía nerviosismo y emoción en el ambiente.

Cuando llegó el momento, dos grandes hombres con trajes negros se acercaron y explicaron a todas que el proceso se haría de forma ordenada.

Las mujeres formaron una fila y uno de los hombres de seguridad sostuvo un portapapeles para verificar sus nombres.

Julieta se paró al final de la fila y supo que esto sería todo un desafío.

Pero ella estaba lista.

Era una mujer ingeniosa, ella siempre tenía alternativas.

Cuando le tocó el turno, se puso recatada frente a los dos hombres descomunales, que parecían indiferentes ante cualquiera de las hermosas mujeres.

"¿Nombre?" el hombre sin expresión preguntó, sus ojos en la lista.

"Karen".

El hombre miró la lista y luego a ella.

"Tu nombre no está aquí. ¿Tienes otro alias?"

"Hmm ... sabía que esto pasaría. La señora Andrea me agregó en el último minuto. ¿No se puede hacer una excepción? Puede llamarla si quiere".

"No puedo hacer eso", dijo el hombre en un tono serio. "Estás en la lista o no".

Julieta fingió decepción y habló con una voz femenina:

"¿Qué tal esta identificación? Parece funcionar en todas partes".

Discretamente, se levantó la parte delantera de su falda y usó su pulgar para enganchar sus bragas.

Tirando hacia abajo, ella reveló un coño recién afeitado.

Este era su plan de respaldo, uno que esperaba evitar usar, sólo para momentos excepcionales, pero sabía que estaba funcionando cuando el hombre con cara de piedra repentinamente rompió su carácter y miró boquiabierto.

"Esa parece una excelente identificación", dijo asintiendo. "Adelante, señorita Karen".

"Qué caballeroso de su parte," coqueteó ella mientras entraba.

* * *

El episodio de la exposición de su coño hizo que Julieta se sintiera incómoda, pero estaba dispuesta a doblegar las reglas en busca de la justicia.

Eso es lo que la convertía en una investigadora privada tan exitosa.

El grupo de mujeres fue dirigido a diferentes habitaciones donde esperaban varios hombres.

Hoy era una especie de "audición", ventajas que la alta dirección se sentía con derecho a disfrutar.

Observando la situación subrepticiamente, esperó hasta que la última mujer se introdujera en una habitación antes escabullirse, sin ser detectada.

Con sus tacones altos, fue una maniobra impresionante.

Debido a las labores de su investigación, ella sabía que la secretaria de Stevens no estaría presente a esta hora para que no presenciara el libertinaje.

Así que Julieta se dirigió a la oficina principal e ingresó la contraseña secreta.

Con esta contraseña se abrió la puerta, por lo que entró discretamente sin hacer ruido.

Este era el dominio de Stevens, el lugar donde el jefe de la empresa hacía sus negocios y tenía las relaciones sexuales.

Lo más importante, aquí era donde se encontraba el disco duro.

Deteniéndose un momento, saboreó la sensación de estar sola en la oficina del jefe.

Prosperaba en trabajos de alta presión como este y encontraba el riesgo estimulante.

Le sorprendió que la oficina tuviera la apariencia de un apartamento de lujo.

Era muy acogedor.

El tiempo era esencial y ella fue directamente a la computadora.

Después de encender la pantalla, vio que estaba protegida con contraseña, como ya había anticipado.

Metió la mano en su bolso y conectó el teléfono inteligente modificado en la entrada USB de la computadora.

Éxito.

Protección tumbada.

Mientras hojeaba los archivos, Julieta se dio cuenta de que ahora tenía acceso a toda la información privada de Stevens.

Ella supo de inmediato que esta computadora estaba conectada a una red completa de cámaras ocultas ubicadas en este piso.

Hizo clic en una de ellas y se sorprendió por lo que estaba sucediendo en otra habitación al final del pasillo.

Dos mujeres coqueteaban con un hombre, y parecía que se turnaban para tragar un consolador.

En otra habitación, tres mujeres tenían las bragas bajadas y parecía que compartían un vibrador.

Apagando las cámaras, volvió a la búsqueda entre los archivos de la computadora.

Y rápidamente encontró lo que estaba buscando.

«Hijo de puta», se susurró a sí misma.

Había carpetas para varias de las mejores presentadoras femeninas en la red, junto con algunas otras personas que ella reconoció.

Lo que todas tenían en común era la apariencia de una chica potente: sonrisas brillantes, piernas llamativas, cabello glamoroso y gran atractivo sexual.

Julieta debatió consigo misma sobre qué hacer a continuación.

Su lado más morboso ganó al final, y ella hizo clic para abrir una carpeta llamada 'Bárbara'.

La carpeta de su hermana.

CAPÍTULO 3

Ella vio la grabación más reciente, que mostraba a su hermana mayor completamente arreglada, y preparada como para salir en su programa de la tarde.

La parte superior del vestido de Bárbara estaba subida y apretada en su cintura.

Mientras estaba tumbada boca abajo en el escritorio del jefe, él la follaba por detrás.

En su mano, sostenía un pequeño látigo y azotaba firmemente la espalda de Bárbara.

Si pusiera el audio, Julieta estaba segura de que escucharía gritos de dolor y placer.

Parecía que el jefe estaba follando a Bárbara por el culo.

"Perra sucia", murmuró Julieta para sí misma con una sonrisa. 'Así es como tienes esas marcas en tu espalda'.

Incapaz de resistirse, Julieta hizo clic en otro video.

Esta vez, vio a su famosa hermana mayor de rodillas, sujeta con un collar con una correa.

Un hombre corpulento, a quien ella reconoció como el guardia de seguridad de antes, tiraba de una correa mientras Bárbara tragaba profundamente, y entre jadeos, chupando a otro hombre, que parecía ser un ejecutivo mayor.

La parte sorprendente, o no tan sorprendente, era que, al final, después de que ambos hombres le hubieran llenado la boca con esperma, Bárbara sonrió y pareció deleitarse con su atención.

Con una sonrisa llena de esperma, parecía que luego conversó agradablemente con los hombres.

Las sospechas de Julieta fueron confirmadas.

Sabía que había una razón por la cual su hermana no quería que ella viera estos videos.

No era solo que existieran las cintas de sexo.

En el fondo, podía ver que Bárbara se había convertido en un producto genuino de BDSM, a pesar del chantaje.

En verdad, también lo era Julieta.

Por eso no podía estar molesta con su hermana.

Tuvo mucha experiencia con el sexo duro durante sus días de juventud, cuando fue ascendida a detective en la policía.

El trabajo tenía sus momentos malos, y el sexo era algo que le quitaba la ansiedad y la suavizaba.

Para ella, el sexo duro era mejor para aliviar el estrés que las drogas o el alcohol.

Ella cerró el video de su hermana chupando pollas y consideró mirar otro.

Pero cuanto más tiempo se quedara, más posibilidades tenía de ser atrapada.

Tenía la intención de hacerle un gran favor a las mujeres de esta empresa al eliminar los archivos y bloquear todo el mainframe.

El jefe merecía quedarse sin nada.

Se detuvo cuando una carpeta llamada 'Poder' llamó su atención.

¿Qué demonios podría ser?

Para un hombre como Stevens, debe haber sido algo extremadamente salaz.

El lado curioso de Julieta ganó y rápidamente echó un vistazo.

Había una lista de apellidos dentro de la carpeta, algunos de los cuales reconoció.

Eran políticos prominentes en todos los niveles de gobierno.

Esto no podría ser lo que ella pensó que era, ¿verdad?

Hizo clic en un nombre reconocible, que parecía ser el apellido del Fiscal de Distrito de la ciudad.

Se reprodujo un video, que parecía una grabación secreta realizada en una lujosa habitación de hotel.

Su sospecha fue confirmada, era el fiscal de distrito, en video, teniendo sexo con lo que parecía ser una escolta femenina.

El fiscal estaba atado mientras le realizaban actos sexuales humillantes.

"Oh, Dios mío", jadeó, al darse cuenta de que acababa de tropezar con un expediente de chantaje.

'¿Para qué demonios era esto? ¿Se iba a usar algún día? ¿Se estaba usando algo ahora?' Ella se preguntó.

Aunque no había hablado con nadie en la fuerza policial durante muchos años, esta era información que debía transmitirse a sus antiguos colegas.

Pero ella tenía un gran problema.

Irrumpir en una oficina y piratear una computadora es ilegal sin una orden.

Sabía que la mejor ruta sería hacer una copia de todo este material y pasarlo anónimamente a sus antiguos colegas.

Alguien sabría qué hacer con eso.

Desafortunadamente, ella no llevaba ningún equipo para hacer una copia, lo que significaba que tendría que regresar mañana y terminar el trabajo.

Julieta desconectó su dispositivo y lo volvió a poner en su bolso.

Usando un pañuelo, limpió el teclado.

Antes de salir de la oficina, cerró los ojos y respiró hondo.

Ella había hecho muchos sacrificios y había pasado por muchas dificultades en la vida.

¿Sería esto realmente peor?

Ella sabía que lamentaría esto.

Con sus impulsos oscuros, estaba desatando un lado de sí misma que desearía poder encerrar para siempre.

Pero esto sería por un bien mayor.

Julieta abrió la puerta y se aseguró de que la costa estuviera despejada antes de salir de la oficina del jefe.

Para poder regresar a este piso mañana, tendría que pasar una de las pruebas y ser "iniciada" en el grupo de acompañantes.

Nunca volvería a ver a estas personas.

Una vez que abandonara su disfraz, nunca la reconocerían.

Entonces habría valido la pena el sacrificio.

CAPÍTULO 4

La sala de sexo oral parecía la menos intrusiva, ya que no tendría que desnudar ninguna de las partes de su cuerpo.

Al igual que su hermana mayor, fue bendecida con la capacidad de meterse una buena polla en la garganta sin tener que vomitar.

Si pudiera hacer esto una vez frente a un grupo de extraños, podría interrumpir una gran conspiración.

Irónicamente, nunca había descubierto una conspiración tan grande, incluso cuando había sido una detective oficial.

Entró en una de las habitaciones donde un hombre bien vestido veía a varias mujeres como chupaban consoladores de varios tamaños.

Estudió las actuaciones con atención para descubrir quién tenía las mejores habilidades naturales, logrando así saber que tendría que hacer para mejorarlas.

Las mujeres tenían lágrimas en los ojos mientras el maquillaje corría por sus mejillas.

"Te toca a ti", dijo el hombre después de que la última mujer hubiera terminado. "Te ves como una chica de veinte centímetros".

Julieta asintió y aceptó el desafío.

"No hay problema"

El hombre no estaba impresionado, como si hubiera escuchado estas mismas palabras miles de veces antes.

Él estaba claramente acostumbrado a conocer mujeres ansiosas por escoltar a figuras exitosas de los medios y que tenían mucho dinero.

Julieta tomó el consolador con indiferencia en un intento de mezclarse con el grupo de trabajadoras sexuales.

Al abrir la boca, devoró el juguete sexual de un solo golpe.

Cerrando los ojos, envolvió sus labios alrededor del consolador y chupó tan fuerte que sus mejillas se doblaron alrededor del juguete de silicona.

Con cada pasada, lo hundía completamente hacia su garganta sin hacer ruido.

Ella abrió los ojos y sacó el consolador cubierto de saliva de su garganta.

Oh sí, el hombre estaba complacido.

Él estaba sonriendo.

"Talentosa", dijo, buscando otro juguete. "Veamos cómo te va con uno de veinticinco centímetros".

Julieta mantuvo su cara de póker.

Esto, ella sabía que era un gran riesgo.

Seguramente se atragantaría, pero no podía mostrar debilidad.

Su capacidad para regresar y terminar el trabajo dependía de que este que pene de goma le bajara a la garganta.

Después de intercambiar consoladores, contuvo el aliento mientras se lo metía en la boca.

Ella no dudó, eligiendo permanecer lo más relajada posible para evitar disparar su reflejo nauseoso.

Sostuvo el consolador en su garganta.

Antes de que pudiera emitir un desagradable gorgoteo, se sacó el consolador de la boca y respiró hondo, manteniendo un comportamiento digno.

"Quiero el trabajo mañana", dijo Julieta, obligándose a sonar tranquila, aunque necesitaría más tiempo para poder respirar bien.

"Mis mamadas son mejores que las de cualquier otra mujer en todo este edificio".

Sintió las miradas sucias de las otras aspirantes a escoltas en la habitación, pero tenía cosas más importantes en mente que sus sentimientos.

El hombre asintió con la cabeza.

"Con una boca como esa, ciertamente tenemos un uso perfecto para usted. Esté aquí mañana a las diez de la mañana. Su nombre estará en la lista".

"Gracias", sonrió.

Cuando salió de la habitación, vio al gran trabajador de seguridad una vez más.

Esta vez, parecía de buen humor.

"Soy Adams, por cierto", dijo el hombre de seguridad. "Vi lo que hiciste allí. Muy, muy impresionante, señorita. Eres un todo un paquete perfecto".

Ella se puso junto a él.

"Mi nombre es Karen. Agrégame a tu lista. Estaré aquí un poco temprano mañana y no tengo problemas con nada".

Sabía que su actitud atrevida solo hacía que el hombre de seguridad la deseara aún más.

Ese pensamiento le hizo sonreír.

CAPÍTULO 5

Esa noche, Julieta estaba desnuda en su departamento, recién salida de una ducha caliente con gran vapor.

Este nivel de estrés era algo que había experimentado antes, pero con la participación de su hermana, las apuestas estaban más altas.

Envolvió una toalla alrededor de su cabello después de secarse el cuerpo.

Sentada en la cama, llamó a su hermana, que seguramente estaba ansiosa por tener noticias.

"¿Lo has hecho?" Bárbara preguntó de inmediato, después de contestar la llamada.

"Hubo complicaciones".

"¿¡Qué!?"

Julieta podía escuchar el miedo en la voz de su hermana.

Era perfectamente comprensible, ya que su hermana tenía previsto entablar negociaciones contractuales con otra cablera en unos días.

"No puedo explicarlo todavía", dijo Julieta con calma. "Tendrás que confiar en mí por ahora. Hay más que tengo que hacer y volveré mañana".

Bárbara jadeó incrédula.

"¿Por qué? ¿Qué demonios estás haciendo?"

"Relájate. Tengo todo bajo control".

Al mirar su reflejo desnudo en el espejo, Julieta hizo una pose con la espalda arqueada y las piernas cruzadas.

Se quitó la toalla de la cabeza, dejando su cabello parcialmente peinado hacia atrás.

"Sabes lo que va a pasar, ¿verdad?" Bárbara preguntó con una preocupación genuina. "Pueden ser un grupo rudo".

"Espero evitar eso. Vi cómo te usaban".

Después de un grito ahogado de Bárbara, hubo un silencio absoluto en el teléfono durante varios segundos, y Julieta mantuvo sus ojos enfocados en sus propias piernas.

Correr durante unas millas incalculables a lo largo de senderos al aire libre le había dado unas piernas increíbles.

Bárbara resopló.

"Hay una razón por la que ya no hablamos".

"Lo sé, no debería haber dicho eso. He tenido un día agitado y mañana podría ser peor".

"No hagas nada estúpido".

"Terminaremos esta conversación mañana durante la cena", dijo Julieta. "Lo prometo. Pero en este momento, estoy enfocada en algo importante".

Su conversación terminó en buenos términos, luego volvió a sus asuntos.

Mientras aún estaba desnuda, Julieta fue a su cajón y encontró su liguero y medias favoritos.

No los había usado en años, nunca los había vuelto a necesitar después de su antiguo trabajo en la unidad de Vice, trabajando encubierta.

Se paró frente al espejo y se los puso, deslizando las medias más allá de sus pies y sujetándolas a las correas del liguero alrededor de la parte superior de sus muslos.

Ella posó para el espejo.

Según su investigación, este era el fetiche del jefe.

Y fue especialmente evidente en esa red de noticias, donde la mayoría de las presentadoras durante el día eran conocidas por sus piernas sexy y vestidos cortos.

Mirar su reflejo desnudo con la liga y las medias puestas le trajo muchos buenos recuerdos.

Ella sabía cómo utilizar estas prendas interiores como un arma.

Recordando los clubes que solía visitar, pensó en el sexo duro y degradante que había usado para aliviar el estrés.

Sus dedos se movieron hacia abajo y cerró los ojos mientras se tocaba.

CAPÍTULO 6

Julieta regresó al día siguiente pronto, aproximadamente a las nueve de la mañana, para estudiar la situación.

Esta vez, evitó a su hermana y su inevitable discusión, que solo sería una distracción.

Ella se dirigió hacia el piso ejecutivo.

Al igual que el día anterior, su cabello y maquillaje eran glamorosos, pero su vestido era un poco más corto.

No era realmente sórdido o inapropiado, pero era suficiente para atraer un poco más de atención.

Había una reunión de negocios que terminó mientras Julieta esperaba en el vestíbulo.

Ella ocultó su vergüenza moviendo las piernas cuando los viejos ejecutivos vestidos con trajes de negocios le echaban una rápida mirada mientras se acercaban al elevador.

Ella simplemente sonrió mientras los hombres continuaban con sus conversaciones.

Al mirar por el pasillo, pudo ver a Stevens regresar a su oficina porque Dios sabe cuánto tiempo.

Ella lo había planeado todo.

Ahora era el momento del Plan B.

Esperó hasta que aparecieron más mujeres para la cita de las diez de la mañana.

El gran hombre de seguridad estaba allí para organizar a las mujeres antes de que llegara el momento de su actuación.

Julieta cruzó las piernas y giró un pie, lo que llamó la atención de Adams.

Con una pequeña bolsa con su equipo electrónico, se puso de pie y caminó seductoramente hacia el guardia de seguridad.

"¿Está el jefe?" ella preguntó.

"¿Stevens?"

Julieta asintió con la cabeza.

"Sí, ¿puedo hablar con él a solas?"

"Pronto tendrás tu oportunidad", dijo Adams, burlándose un poco. "Estamos esperando a que aparezcan las demás chicas. Además, conozco de tu talento especial. Sí, con una boca como la tuya, estoy seguro de que te dará una oportunidad".

"En realidad, tengo una especie de propuesta comercial. Estoy seguro de que será de su agrado".

Julieta hizo un gesto hacia abajo hacia sus piernas, y levantó discretamente la parte delantera de su pequeño vestido para revelar el liguero y las medias.

"Delicioso", se burló él de nuevo. "Eres un paquete increíble. Tienes una deliciosa la boca y unas preciosas piernas. Me hace preguntarme sobre tus otros talentos".

"Esos son los descubrimientos para tu jefe. Si llegamos a términos mutuamente beneficiosos, quién sabe, tal vez tengas la oportunidad de probarme después. Hasta entonces, ¿serás un buen chico y conseguirás esa reunión?"

Él asintió lentamente, observando su cuerpo en el proceso.

"Sí, claro, espera".

Adams recorrió el pasillo y entró en la oficina de Stevens.

La conversación fue breve y él regresó rápidamente.

Había un ansia en su rostro, que casi parecía siniestro.

"Estás de suerte, Karen", dijo. "El jefe recuerda haber escuchado sobre tus hazañas orales ayer y está emocionado de discutir propuestas. Además, le conté lo que tienes abajo. Entonces, adelante. Su oficina está allí".

Ella guiñó un ojo.

"Gracias."

Julieta se dirigió por el pasillo hacia la puerta abierta.

CAPÍTULO 7

Sería la primera vez que conocería a Stevens y la ponía más nerviosa que encontrarse con delincuentes violentos o estafadores callejeros.

Stevens era un hombre con profundo poder e influencia sobre el sistema político estadounidense.

Un dios en el mundo de los medios.

Peor aún, si cometía algún error, su pellejo estaba en juego, y, en este caso, no había respaldo policial para ayudarla.

Entró en la oficina para ver a Stevens, una figura grande e imponente, de pie detrás de su escritorio después de guardar algunos documentos.

"¿Puedo cerrar la puerta?" ella preguntó.

Él se burló de ella.

"Por favor, hazlo. Algunas propuestas de negocios se mantienen en privado".

Julieta cerró la puerta después de mirar por el pasillo y ver a Adams guiñarle un ojo.

Ahora, sola con su presa, ella trabajó su encanto.

"Estás ocupado, así que lo expondré brevemente", dijo con una voz sexy. "Sé lo que quieren los hombres como tú. ¿Por qué no intentar lo contrario? Un pequeño cambio de ritmo de vez en cuando".

Stevens dio un paso adelante para que estuvieran juntos.

"Continúa. ¿Qué implicará exactamente tu oferta?"

"Mujer Dominante. A los hombres poderosos les encanta tener mujeres, pero lo contrario puede ser una nueva experiencia sexual. ¿Alguna vez has disfrutado el placer de someterte a una mujer poderosa? Estar atado y en manos de una mujer dominante. Estoy segura de que a muchos de tus amigos y asociados les encantará ser domesticados por mí. Déjame darte una muestra de lo que puedo hacer ".

"¿Entonces quieres atarme?"

"Y vendarte los ojos", agregó con una sonrisa alegre y un brillo excitante en sus ojos.

"Eres la mujer garganta profunda, ¿verdad?" Preguntó Stevens.

"Lo soy, y estoy orgullosa de ello".

"¿Por qué querría jugar con la esclavitud cuando puedo probar tu mejor atributo?"

Julieta se encogió ligeramente de hombros.

"Estoy segura de que tienes alguna garganta profunda para todos los días. ¿Por qué no probar mis otras habilidades?"

"Una negociadora fuerte", asintió. "Las mujeres ejecutivas realmente podrían aprender de ti. Eres inteligente, feroz y sexy como el infierno. Mi tipo de mujer".

Ella guiñó un ojo.

"Gracias."

"¿Has estado en esta profesión por mucho tiempo?"

"Un par de años. Es una especie de trabajo secundario mío".

"¿Cuál es tu trabajo a tiempo completo?" preguntó.

"Digamos que soy una friki tecnológica y soy mortal en una computadora. Pero no me gusta hablar de mi vida personal".

Stevens mostró una sonrisa viciosa.

Muchos hombres afirman que les gustan las mujeres inteligentes, pero para él, era cierto.

Julieta sabía que este era un juego peligroso y los riesgos estaban aumentando.

"Me parece bien", dijo con confianza. "Necesito tenerte. Te dejaré hacer lo que quieras conmigo; átame, vendarme los ojos, follarme. Lo que sea".

Julieta reprimió su propia sonrisa y mantuvo su compostura suprema.

Era experta en nudos, y Stevens pronto estaría indefenso mientras copiaba su disco antes de destruirlo por completo.

"Comencemos", dijo ella. "Usaré el ..."

"No tan rápido. Levanta tu vestido. Muéstrame tu liguero. He escuchado cosas muy bonitas sobre cómo te queda".

Sin dudarlo, Julieta levantó la parte delantera de su vestido para revelar sus impecables medias que cubrían sus muslos y las bragas de encaje.

A pesar de la situación complicada en la que se encontraba, la hacía sentir bien ser deseada de esta manera.

"¿Te gusta lo que ves?" Preguntó con una sacudida de sus caderas.

Stevens apretó la mandíbula.

"Sí, te contrataré. Pero primero tendrás que seguir mis reglas".

"¿Y cómo funcionaría eso?"

Julieta sabía exactamente lo que este hombre estaba sugiriendo.

El miedo se deslizó por su columna vertebral, pero ella se negó a encogerse.

"Sé mi muñeca chupadora durante un rato", sonrió. "Me muero por probar tus labios y tu garganta. Eres perfecta para mi pollón con esos bonitos ojos azules mirándome. Disfrutaré mirándote y frotando tu cabello mientras te comes mi polla ".

Por la situación en que se encontraba Julieta, su coño se apretó y comenzó a inquietarse.

Había pasado un tiempo desde que cualquier hombre la había maltratado de esa manera.

¿Podría realmente hacerlo con el hombre que estaba chantajeando a su hermana?

¿Un hombre que había orquestado el desagradable dossier de videos grabados en secreto?

Nadie tendría que saber sobre esto.

Como de costumbre, el lado más peligroso de Julieta ganó.

Siempre lo hacía.

Su tendencia a vivir imprudentemente fue la razón principal por la que nunca se llevó bien con la mayoría de su familia.

Ella asintió.

"Sin juegos. Sin tonterías. Si te dejo que me folles la boca, después te ataré y te daré una probada de dominación femenina verdadera. Si te gustan mis servicios, entonces puedes contratarme para ti y tus amigos. ¿Tenemos un trato? "

"Eres la negociadora más dura que he conocido", dijo antes de reír. "Claro, veremos qué se nos ocurre".

Cuando el jefa abrió un cajón cercano, Julieta vió una variedad de juguetes sexuales de aspecto familiar.

Era una impresionante colección de dispositivos utilizados para el control y la sumisión sexual.

Stevens tomó un collar con la palabra 'ZORRA' inscrita en el cuero y que estaba sujeto a una correa.

Naturalmente, se preguntó si este era el mismo collar utilizado en su hermana.

El pensamiento fue difícil de digerir.

"¿Alguna vez usaste uno de estos?" preguntó, sosteniéndolo como una corona.

"Yo tengo uno de esos."

"¿Y? ¿Te gustó?"

"Han pasado años de eso", admitió. "Pero sí, disfrutaba de estar con collar como una gatita".

"Buena gatita. Me va a encantar esto. Ahora, ponte de rodillas".

Julieta puso su bolso sobre la mesa y se dejó caer de rodillas, esperando que una mamada fuera todo lo que se requeriría de ella.

Pero habiendo tratado con muchos hombres como este, eso parecía poco probable.

Al menos nadie lo descubriría nunca, se recordó.

Levantando la barbilla, permitió que Stevens apretara el collar alrededor de su cuello.

La presión implacable alrededor de su garganta desencadenó centros de placer que no había notado en mucho tiempo.

Como si fuera una señal, su coño se apretó.

Levantando la vista de sus rodillas, y antes de que la polla le fuera empujada dentro de su boca, Julieta notó vacilación en los ojos de Stevens.

"Sabes, hay algo en ti que me resulta familiar. No puedo identificarlo".

Ella le devolvió la mirada con valentía y rezó para que él no descubriera su identidad.

En muchos sentidos, Julieta y Bárbara se parecían, compartiendo muchas de las mismas características faciales.

Brevemente, se preguntó si debería haberse teñido el cabello de un tono rubio más oscuro.

"Observo tu red de noticias", respondió ella. "Te rodeas de mujeres hermosas todo el día. Estoy seguro de que todo se mezcla eventualmente".

Él sonrió, luego se echó a reír.

"Tienes razón. Ahora abre bien la boca, mi puta sucia".

Con un solo movimiento muy fluido, Stevens liberó su polla, que ya estaba dura como una roca.

Julieta se estremeció cuando se dio cuenta de que esta sería la primera vez que había chupado a un hombre mientras trabajaba.

Creyendo que no habría forma de que pudiera disfrutar de esta felación, se preparó mentalmente para recibir la polla en su boca.

Sin esperar una entrada amable, estaba preparada para lo que vendría después.

En el momento en que Julieta abrió la boca, Stevens tiró de la correa y empujó sus caderas.

En una fracción de segundo, la boca de Julieta se llenó con la carne dura del hombre y la entrada a su tráquea estuvo casi obstruida.

Sabía y se sentía como cualquier otra polla, pero no era así.

Durante sus años universitarios, Julieta y Bárbara frecuentemente peleaban por los chicos, pero nunca estaban con el mismo chico sexualmente.

Y ahora, se estaba tragando una polla que su hermana había chupado y follado regularmente.

Y la mayor ironía era que estaba haciendo esto en nombre de su hermana.

Metiéndola y sacándola de su garganta, Stevens golpeó su polla con gran fuerza.

Si no hubiera estado tan sujeta, podría haber luchado por mantenerse erguida.

Pero, pronto se decidió por un ritmo predecible que le permitió respirar y permanecer vertical.

Naturalmente, Julieta se preguntó a quién Stevens calificaría como mejor chupapollas.

Ella lo había visto follar la boca de su hermana en el video y notó que él estaba muy controlado, incluso durante el orgasmo.

Preguntándose si sería posible romper su postura impasible, Julieta comenzó a participar activamente girando su lengua alrededor de la punta de su pene mientras entraba y salía de su boca.

No habría ningún daño en tratar de obtener un aumento del placer de él y Julieta estaba bastante segura de que tenía la habilidad para hacer eso.

Momentáneamente ella entró en conflicto.

Sintió una punzada de culpa al pensar en intentar complacer más a Stevens, quien seguramente no merecía ni un segundo de su tiempo.

Sin embargo, Julieta tendía a ser competitiva y decidió aceptar el desafío que se había impuesto.

En su posición sumisa de chupar pollas, relajó la mandíbula completamente y se puso a trabajar.

Inclinando la cabeza hacia atrás, un truco que aprendió de una prostituta, fue capaz de acomodarlo por completo.

Sus movimientos estaban muy restringidos, literalmente, al mantenerla con una correa corta.

Pero eso no importó.

Cada vez que empujaba la polla en su boca, ella chupaba con la cantidad perfecta de presión.

Al levantar la vista, notó que Stevens se mantenía concentrado.

Cuando él se retiró, su lengua bailó alrededor de la punta de su polla, tratando de capturar cualquier líquido preseminal que se hubiera producido.

El hombre permanecía estoico.

Ella hizo un zumbido en la garganta, lo que finalmente hizo que Stevens sonriera.

El trabajo de la boca de ella continuó.

Observó la cabeza de Stevens echarse hacia atrás mientras él gemía con un volumen creciente.

Julieta ni siquiera lo había visto hacer eso con su hermana.

Si esto era una competencia, ella estaba ganando.

Esto era más fácil de lo que esperaba, y a este ritmo, tendría al jefe atado en cuestión de minutos.

Su creciente optimismo fue arruinado por un golpe en la puerta.

Ella trató de alejarse, pero el jefe tiró de la correa, manteniendo la boca llena de su polla.

"Justo a tiempo", sonrió Stevens. "Le dije a Adams que volviera. Él me ayuda con muchos acuerdos y ayuda a examinar posibles socios comerciales".

La puerta se abrió y Julieta logró girar la cabeza lo suficiente como para ver al gran hombre de seguridad entrar en la habitación.

Adams sonrió ampliamente, después de todo, su sueño estaba a punto de hacerse realidad.

CAPÍTULO 8

Stevens tocó suavemente la mejilla de Julieta.

"Mírame. Puedes detenerte cuando quieras. Solo toca. Grita. Di algo. Entonces saldrás. Asiente si lo entiendes".

Julieta logró asentir, incluso con su polla atorada en su boca.

"Bien", respondió. "Adams, quítale la ropa".

"Con mucho gusto, jefe", dijo el hombre de seguridad en un tono escalofriante.

La puerta se cerró, y cuando Adams se paró detrás de ella, Julieta sintió que la parte delantera de su vestido le bajaba por la cintura.

Unas grandes manos le acariciaron la espalda antes de desabrochar su sostén y liberar sus juguetonas tetas.

El cuerpo de Julieta respondió, como siempre, al trato rudo.

Aunque había elegido alejarse de este estilo de vida, esto se sintió como un regreso a casa.

Sus pezones rosados se endurecieron incluso antes de que los gruesos dedos de Adams se aferraran a ellos.

Eso la hizo sonrojar.

Mientras la polla todavía estaba alojada en su garganta, el hombre grande levantó a Julieta del piso para que pudiera sacar el vestido por debajo de ella.

Sus ligas y sus bragas fueron rasgadas y arrojadas a un lado.

Luego le quitó los tacones y le arrancó las medias.

Ella estaba desnuda.

Jodidamente desnuda.

De la cabeza a los pies, excepto por el collar alrededor de su cuello.

Lo más inteligente que podía hacer era aprovecharlo.

Debería admitir la derrota e irse con lo que quedara de su dignidad.

Pero Julieta era obstinada, lo cual era un rasgo familiar.

Y de una manera extraña, esta fue su forma de ayudar a encontrar justicia para todos con los expedientes chantajistas de Stevens.

También fue su forma de corregir los errores que había cometido en su vida: como ex detective de policía y como hermana menor.

Una forma de expiación.

Es cierto que el miedo y la ansiedad que sentía por estar desnuda, a merced de dos grandes desconocidos, la excitaban.

Con una polla ya en la boca, se preguntó qué pasaría mientras su coño goteaba líquido en el suelo.

Stevens reanudó el asalto a su garganta.

Su boca estaba muy estirada y le dolía la mandíbula por los movimientos agresivos.

Sin embargo, ella mantuvo sus dientes lejos de su polla, gracias a años de experiencia.

Después de algunos golpes más, Stevens empujó su polla por varios segundos.

Aunque incapaz de respirar, Julieta permaneció tranquila.

Afortunadamente, Stevens sacó su polla y Julieta jadeó por aire.

"Ahora eres una mujer trabajadora, ¿verdad?" Preguntó Stevens, como si esto se hubiera convertido en un interrogatorio. "¿Nadie te puso en esto? Estás aquí por tu cuenta, como mujer de negocios, ¿correcto?"

Julieta respiró hondo y gorgoteó, con saliva goteando por su barbilla.

"¿Chupo la polla como una maldita policía o algo así?"

"Nunca dije que fueras policía. Solo pregunto".

Escupió saliva para no ahogarse.

"Soy una puta mujer de negocios".

"Está bien, entonces. Adams, ponte a trabajar en su coño. Me encargaré de su boca. Veremos si se rompe".

Le tiraron de la correa y obligaron a Julieta a gatear hacia el sofá como una perrita.

Stevens se acomodó, con una rodilla en el sofá y una pierna en el suelo.

Dio unas palmaditas en el cojín y Julieta se subió al sofá.

Estaba a cuatro patas, entre sus piernas y frente a él.

Manteniendo contacto visual con el jefe, escuchó que Adams se desnudaba y se colocaba detrás de ella.

Casi de inmediato, las grandes manos del hombre de seguridad abrieron sus nalgas, y Julieta supo que él estaba mirando bien su coño mojado y su ano.

Mientras esperaba ansiosa, mantuvo una cara tranquila para que Stevens continuara pensando que era una verdadera prostituta.

Pero cuando los dedos de Adams comenzaron a sondear su coño, ella se quedó sin aliento.

"Termina de chuparme la polla", ordenó Stevens. "Lo estás haciendo muy bien".

Mientras se relajaba al ritmo de la polla de Stevens entrando y saliendo de su boca, se preguntó qué tamaño de paquete tendría Adams.

El elemento de lo desconocido siempre fue atractivo para ella.

Adams se volvió más insistente y entrometido, insertando dos dedos gruesos en su coño.

"Mierda, ella está apretada para una prostituta", murmuró, casi para sí mismo.

El jefe sonrió.

"Entonces fóllala ya".

Julieta sintió que Adams retiraba sus dedos y los reemplazaba con la cabeza de su polla.

Ella trató de tener una idea del tamaño, y quedó debidamente impresionada.

Definitivamente era mucho más grande que Stevens y ella se concentró por completo en su coño, aunque Stevens continuaba perforando su boca.

La entrada de Adams en su agujero necesitado fue más considerada de lo que esperaba.

Empujando contra su pelvis, el hombre de seguridad avanzó con la cabeza de la polla y siguió metiendo, centímetro a centímetro, su polla larga y gruesa.

Justo cuando Julieta pensó que no podía aguantar más, Adams se echó hacia adelante y se la metió por completo.

Ella se congeló momentáneamente mientras se adaptaba a su enorme erección y luego reanudó sus manipulaciones orales sobre Stevens.

Cuando Adams comenzó a entrar y salir de su coño altamente estimulado, sintió una sensación de pertenencia.

"Puedo sentir que como se estira", gruñó Adams.

"Deberías probar su garganta la próxima vez. Estoy seguro de que la Junta la amará. Voy a ponerla debajo de la mesa para cada reunión. Ahí es donde pertenece. De rodillas".

En el pasado, Julieta había disfrutado muchos actos sexuales depravados.

Pero estar atrapado entre dos hombres, poderosos de maneras tan diferentes, era lo más excitante.

No había duda, estaba siendo dominada y amaba cada segundo desviado de la situación mientras lágrimas de tensión corrían por su rostro.

Si bien era libre de irse en cualquier momento, encontró que esta unión no convencional era irresistible.

Ambos hombres la usaron para su propio placer, y como resultado, Julieta sintió que su cuerpo se tensaba, preparándose para liberarse.

Los movimientos de la polla de Stevens se volvieron más frenéticos y ella supo que él también estaba cerca.

Mientras tanto, Adams se lo pasaba en grande con su coño.

Golpeando cada vez más fuerte.

Sus golpes se hicieron más intensos y urgentes mientras sus dedos se clavaban profundamente en sus caderas.

La dulce fricción de su polla navegando dentro y fuera de su túnel la estaba llevando rápidamente a un clímax húmedo y vertiginoso.

De repente, se rompió y sintió que su coño se contraía contra el grueso poste mientras la empalaba.

Los espasmos sacudieron su cuerpo cuando trató de gemir, pero fue amortiguada por la polla alojada en su boca.

"Joder, sí, zorra. Córrete sobre mi polla", gruñó Adams.

Julieta estaba avergonzada y regocijada al mismo tiempo.

Llevaba esa capa emocional con comodidad.

Había pasado mucho tiempo desde que había experimentado un orgasmo tan poderoso y sabía que sería difícil alejarse de este increíble placer una vez más.

Al final, ella hizo un gran desastre húmedo en el sofá de cuero y el piso por el chorro duro que expulsó.

Estaba segura de que a nadie le importaría, a excepción de quien se encargara de limpiar la oficina.

Stevens farfulló:

"Voy a disparar mi carga en su boca. Adams, ¿estás listo?"

"He estado listo para eso desde el momento en que la conocí".

Ambos hombres sacaron sus pollas del cuerpo usado de Julieta y la voltearon para que los enfrentara mientras estaban de pie delante de ella.

Julieta echó la cabeza hacia atrás, abriendo la boca, mientras ambos hombres se acariciaban hasta eyacular.

Los chorros salados de ambos hombres comenzaron a cubrirle la lengua, la boca y la garganta.

Parecía interminable el lanzamiento de chorros.

De alguna manera, se las arregló para tragar las cargas mientras la inundación continuaba.

Ella estaba asombrada de no haber vomitado.

Cuando se acabaron los orgasmos de los hombres, Julieta se derrumbó en el suelo en un aturdimiento lleno de esperma.

Jadeó por la boca cubierta de semen y luchó por recordar exactamente por qué estaba allí.

Los dos hombres se pararon sobre ella, con sus pollas húmedas y flácidas colgando.

En ese momento, apenas podía entender sus palabras, o quién decía qué.

"Qué mierda más maravillosa. Es una auténtica tragapollas".

"El mejor coño que he tenido en mucho tiempo. Y tiene un gran culo. Me parece que podría tener un puesto de presentadora de noticias aquí".

La mente de Julieta flotó en su niebla postorgásmica, pensando en su hermana y en el verdadero propósito de su visita.

Observó a los hombres contemplando su cuerpo desnudo y sus pezones rosados, junto con el sudor en el pecho y la frente.

Stevens se inclinó para quitarle la correa y luego pudo respirar cómodamente de nuevo.

CAPÍTULO 9

Para su sorpresa, Stevens cumplió su palabra.

Ambos estaban completamente desnudos en la oficina y ella lo tenía completamente inmovilizado.

Una experta con nudos, sabía cómo someter a un tipo grande.

Después de vendarle los ojos, ella empujó sus bragas rotas en su boca.

Desnuda, agarró su bolso y corrió hacia el escritorio.

Sacó uno de sus teléfonos y lo conectó al servidor.

Cuando tuvo acceso al disco, notó que todos las cámaras secretas estaban activas y estaban grabando.

Accedió a la cámara de la misma oficina y rebobinó el metraje grabado por ella.

Julieta se vio a sí misma en un video chupando y succionando, mientras era controlada por una correa.

Adelantó el video un poco más y se vio a sí misma siendo follada por detrás mientras succionaba la polla de Stevens.

Era un poco vergonzoso verse a sí misma siendo emparedada y follada por esos dos hombres grandes y dominantes.

"Gilipollas", murmuró.

Se dio cuenta que el tiempo era esencial cuando escuchó a Stevens gritar a través de la mordaza.

Incluso con los ojos vendados, de dio cuenta que el jefe sabía lo que estaba sucediendo y lo que le estaba sucediendo a la unidad.

Después de hacer una copia digital de todo, conectó su otro teléfono y se quedó allí por un minuto mientras todo el disco duro estaba siendo completamente destruido.

Su trabajo estaba hecho.

Todo lo que necesitaba hacer era escapar, pero no pudo evitar echar un último vistazo a este chantajista.

Ella se volvió a Stevens.

En este punto, ya estaba acostumbrada a estar desnuda en la oficina y se inclinó para acariciarle el hombro.

"Gracias por la follada caliente", dijo en su oído. "No te preocupes, dejaré la puerta ligeramente abierta para que alguien pueda encontrarte. Para entonces ya me habré ido y nunca volverás a verme. Y para que conste, esto valió la pena".

Después de darle un beso en la frente y verlo luchar con todas sus fuerzas, Julieta se puso el vestido.

Se puso los tacones y se salió rápidamente de la oficina.

Aunque tambaleándose, ella escapó sin problemas.

EPÍLOGO

65

Cuando ya estaba lejos del edificio y caminaba por la concurrida calle de la ciudad, se dio cuenta de que su aliento apestaba a esperma.

Dos cargas gigantes le harían eso a cualquier muchacha.

Pero agarrando fuertemente su bolso, tuvo en cuenta que había realizado un gran servicio público.

Si bien ese era un pensamiento satisfactorio, no podía negar que el cálido resplandor de este encuentro sexual había sido muy sorprendente.

Tal vez era hora de desempolvar su equipo y regresar a los clubes de sexo duro para desahogarse.

FIN

www.ingramcontent.com/pod-product-compliance
Lightning Source LLC
Chambersburg PA
CBHW060502160726
47992CB00003B/1294